OSWALDO FRANÇA JÚNIOR

AS LARANJAS IGUAIS

PREFÁCIO **CLÁUDIO NEVES**

5ª EDIÇÃO

EDITORA
NOVA
FRONTEIRA

Copyright © 1985 by herdeiros de Oswaldo França Júnior

Direitos de edição da obra em língua portuguesa no Brasil adquiridos pela EDITORA NOVA FRONTEIRA PARTICIPAÇÕES S.A. Todos os direitos reservados. Nenhuma parte desta obra pode ser apropriada e estocada em sistema de banco de dados ou processo similar, em qualquer forma ou meio, seja eletrônico, de fotocópia, gravação etc., sem a permissão do detentor do copirraite.

EDITORA NOVA FRONTEIRA PARTICIPAÇÕES S.A.
Av. Rio Branco, 115 – Salas 1201 a 1205 – Centro – 20040-004
Rio de Janeiro – RJ – Brasil
Tel.: (21) 3882-8200

Ilustração de capa: Zé Otavio

Dados Internacionais de Catalogação na Publicação (CIP)

F815l	França Júnior, Oswaldo 　　As laranjas iguais / Oswaldo França Júnior. – 5. ed. – Rio de Janeiro: Nova Fronteira, 2025. 　　144 p.; 13,5 x 20,8 cm 　　ISBN: 978-65-5640-855-2 　　1. Literatura brasileira. I. Título. 　　　　　　　　　　　　　　　　　　　　CDD: 869.2 　　　　　　　　　　　　　　　　　　　　CDU: 82-2 (81)

André Felipe de Moraes Queiroz – Bibliotecário – CRB-4/2242

CONHEÇA OUTROS LIVROS DA EDITORA:

Sumário

Prefácio 7

O rio 16
O carregamento precioso 18
A árvore que pensava 20
O roubo do sol 22
A justiça 24
O erro 26
Meu irmão 28
O telefonema 30
Setecentas mulheres azuis 32
O canguru branco 34
A vida de um homem 36
Os homens fracos do mar 38
Eu não o conheci 40
O caçador de ídolos 42
As coisas passam 44
A principal atração 46
A confiança 48
O tempo lá de fora 50
As janelas abertas 52
O grande trabalho 54
Três homens 56
A mulher irreal 58
Povo da redoma 60
Os homens dos subúrbios 62
Os degraus do palanque 64
A estrela-guia 66
A esposa 68
O jegue cego 70

A criança 72
A casa dos meus sonhos 74
Mulheres frias 76
O nome 78
A represa 80
A felicidade 82
A poeira da cidade 84
O libertador 86
Bico de prata 88
Os condutores do boi 90
O planeta de turfa 92
Gastas pelo tempo 94
O observador 96
Duzentos acertos 98
Legião de esperanças 100
As duas pedras 102
O jogo 104
A cidade 106
O grande desprezo 108
Filhos tristes 110
A montanha de cristal 112
O canteiro verde 114
Cinco dias ao sol 116
Miríades 118
A evidência 120
Um alto preço 122
As duas mãos 124
Os fantasmas 126
O túmulo de neve 128
As cruzes do caminho 130
O haraquiri 132
A sombra a meus pés 134
O pé de laranja-lima 136

Sobre o autor 139

Prefácio

Concisão e densidade: a delicada poética do conto em Oswaldo França Júnior

Cláudio Neves
Professor e escritor

O DRAMATURGO RUSSO Anton Tchekhov (1860-1904) dizia que, numa peça, se uma arma não irá disparar, melhor nem a colocar em cena. Assim, ele assinalava como elementos acessórios à narrativa devem ser usados com cautela, devido ao perigo de desviarem a atenção do público daquilo que é essencial. Não por acaso, além de ser considerado um dos criadores do teatro moderno, Tchekhov é um mestre do conto — gênero literário marcado pela objetividade. Com efeito, em sua forma clássica, o conto obedece a uma estrutura enxuta: conflito, clímax e resolução.[1] Ademais, o tempo é restrito. A ação se passa normalmente em um ou em poucos dias, ainda que possa haver alusões ao passado gerador da trama apresentada. Excluem-se, portanto, detalhes biográficos desimportantes e eventos paralelos sem conexão direta com o enredo.

Portanto, considerando-se tais características, podemos dizer que, neste *As laranjas iguais*, Oswaldo França Júnior apresenta uma autêntica *poética* do conto, pois os textos que compõem o livro são um exercício exemplar das qualidades

---

[1] No conto deve haver um só *conflito*, que corresponde à tensão dramática entre o protagonista e outra personagem. O *clímax* configura o ponto de máxima tensão que antecede o desfecho.

inerentes ao gênero. Trata-se, aliás, de *microcontos*, subgrupo no qual a brevidade surge elevada à sua máxima potência e que é associado no Brasil à produção modernista, em especial aos capítulos telegráficos do romance fragmentário *Memórias sentimentais de João Miramar*, de Oswald de Andrade (1890-1954), e às obras de Dalton Trevisan (1925-2024) e de Rubem Fonseca (1925-2020). Porém, vale ressaltar que, no século XIX, Machado de Assis (1839-1908) já escrevia microcontos, a exemplo de "Um apólogo", alegoria[2] de poucos parágrafos, nos quais uma agulha e uma linha discutem sobre qual das duas é mais importante para o trabalho da costureira.

Os microcontos de *As laranjas iguais* se filiam ainda à tradição das narrativas medievais de caráter lendário e às histórias de Charles Perrault (1628-1703), criador de *A Bela Adormecida* e *Cinderela*, que fixou a forma literária dos contos de fada. À semelhança dessas obras, nos contos de França Júnior aqui reunidos, as ações transcorrem em tempos e lugares indeterminados, o que resulta na aura mítica das personagens. Vejamos, a esse respeito, "O rio", texto de abertura do livro:

> O homem viu o rio e se entusiasmou pela sua beleza. O rio corria pela planície, contornando árvores e

---

[2] Considera-se *alegoria* a representação em que aquilo que é relatado remete a um referente externo facilmente identificável e essencial para a compreensão do sentido do texto. Alegórica por excelência é a fábula, na qual os animais representam tipos humanos. Em "A cigarra e a formiga", atribuída ao escritor grego Esopo, as protagonistas em questão são metáforas, respectivamente, do indivíduo irresponsável e do previdente. O *apólogo*, citado no título do conto de Machado, é um tipo de alegoria literária em que as personagens *são objetos inanimados* (a agulha e a linha).

molhando grandes pedras. Refletia o sol e era margeado por grama verde e macia.

O homem pegou o rio e o levou para casa, esperando que, lá, ele lhe desse a mesma beleza. Mas o que aconteceu foi sua casa ser inundada e suas coisas levadas pela água. (...)

Logo de saída, percebe-se que inexistem referências biográficas do *homem*, que nem sequer possui um nome. Tampouco há contexto específico ou construção factual do cenário. Ao *rio* creditam-se atributos genéricos. Ele tão somente corre, sinuoso, banhado pela luz do sol. Às suas margens, jaz um elemento de igual forma vago: a grama verde. Com isso, o autor sinaliza que tudo será mínimo, tal como nas lendas, cuja estrutura prescinde de detalhes circunstanciais, recorrendo a fórmulas temporais meramente declaratórias ("Era uma vez", "Depois da morte do rei", etc.) e a simples indicação de tipos (o cavaleiro, a donzela etc.). No segundo parágrafo, subverte-se a lógica: o homem leva o rio para casa. Vale ressaltar que esse evento, que deveria causar estranheza (ninguém sai por aí furtando cursos d'água, que muito menos podem ser transportados), é tratado com absoluta naturalidade. Mediante esse procedimento, o conto adentra o universo do *maravilhoso*[3] (no qual o irreal integra, sem nenhum problema, a realidade),

---

[3] Em "Introdução à literatura fantástica", o linguista búlgaro Tzvetan Todorov (1939-2017) afirma que o gênero *maravilhoso* se caracteriza pela aceitação do sobrenatural na lógica interna da narrativa. O irreal torna-se, portanto, verdadeiro *a priori*. Assim acontece nos contos de fada. Em "A Bela Adormecida", por exemplo, as fadas são tão reais quanto o castelo, e a capacidade mágica de uma delas de determinar a maldição do sono que cai sobre a protagonista não é tematizada nem discutida.

o que denota aspecto simbólico de "O rio", sintetizado no terceiro e último parágrafo:

> O homem devolveu o rio à planície. Agora quando lhe falam das belezas que antes admirava, ele diz que não se lembra. Não se lembra das planícies, das grandes pedras, dos reflexos do sol e da grama verde e macia. Lembra-se apenas da sua casa alagada e de suas coisas perdidas pela corrente.

O rio, afinal, constitui uma metáfora sobre a natureza perigosa do desejo, pois, realizado de maneira inconsequente, causa destruição em lugar de satisfação. Em "O canguru branco", o desejo é de novo o tema. O narrador afirma que adquiriu o animal porque "Como todos aqui têm suas raridades, eu, para não me sentir diferente, peguei minha fortuna e comprei uma raridade". Uma vez mais, a posse do objeto em questão, embora cause inveja e admiração, de nada serve para preencher o vazio existencial do protagonista.

Ademais, os lances surreais[4] (à maneira do roubo do rio, citado acima) permeiam todo o livro. Em "A árvore que

---

[4] O Surrealismo foi uma das chamadas *vanguardas europeias*, bem como o Futurismo e o Expressionismo. Sua sistematização se encontra no Manifesto Surrealista (1924), de André Breton (1896-1966). Os adeptos desse movimento praticam a criação dita *automática*, inspirada na *livre associação de ideias*, preconizada por Freud no método psicanalítico. Ou seja, o artista busca reduzir ao máximo o filtro da razão, deixando-se levar pelos impulsos inconscientes, sem preocupar-se com a *lógica*, visando à expressão do universo dos sonhos. Um dos exemplos mais notórios de obra surrealista é o quadro "A persistência da memória", de Salvador Dalí (1904-1989), em que aparecem relógios derretidos.

pensava", isso se dá pelo uso da figura de linguagem da personificação ou prosopopeia, visto que a protagonista, mesmo sendo um vegetal, sente-se e comporta-se como ser humano. Em "Setecentas mulheres azuis", um menino, surgido na rua sem maiores explicações, conduz o narrador ao desconcertante harém referido no título. Igual situação dramática reaparece em "O haraquiri", em que um homem segue uma desconhecida que o levará a presenciar a cena violenta referida no título.

Por outro lado, algumas narrativas (quase sempre tematizando a família) possuem atmosfera realista e mostram a habilidade com que o autor consegue sugerir, sem citar, as circunstâncias complexas que comandam a ação. É o caso de "Eu não o conheci", que começa com um sentencioso "Meu filho foi embora e eu não o conheci". O conto, com suas menos de duzentas palavras, delineia o convívio de toda uma vida entre o narrador e seu filho (já adulto e ausente no presente narrativo), que, na infância, tenta chamar sem sucesso a atenção do pai para o dedo machucado, pede em vão que este lhe conserte o brinquedo quebrado e suplica "Fica comigo. Só um pouquinho, pai", mas tem de dormir em companhia da babá.

Desse modo, revela-se — sob o estilo coloquial e a estrutura simples dos contos — a sofisticada técnica narrativa do autor. Técnica que implica a seleção fina não apenas do que *dizer*, mas também do que *deixar sem dizer*, isto é, a forma pela qual França Júnior faz com que os poucos elementos constitutivos das histórias consigam expressar as relações humanas intrincadas de seus personagens, marcados, quase sempre, pelo abandono (praticado ou sofrido), pela mágoa e pela consciência da irreversibilidade do destino. A propósito, os dramas íntimos, a dor silenciosa, tudo isso está antecipado na epígrafe da coletânea, por meio da qual se entende o significado do título do livro, pois "Aqueles que andam pelo campo e veem as duas laranjas maduras e iguais, como podem saber que uma é boa e outra é ruim?". Em outras palavras, como saber, por baixo da superfície enganosa das vidas, qual delas é de fato feliz ou infeliz?

Em *Seis propostas para o próximo milênio*, o italiano Italo Calvino (1923-1985) elenca e analisa as virtudes que sempre admirou na literatura universal. No capítulo dedicado à "Rapidez", o escritor italiano credita a beleza atemporal dos contos populares à sua capacidade de, narrando o mínimo, comunicarem o máximo. Por isso, ele afirma que essas narrativas configuram seu ideal de ficcionista, pois "escrever prosa em nada difere de escrever poesia, em ambos os casos, trata-se da busca de uma expressão necessária, única, densa, concisa, memorável". E talvez não caiba uma definição mais precisa do que essa de Calvino acerca dos delicados, essenciais e admiráveis minicontos de *As laranjas iguais* que você tem agora em mãos. Aproveite esse privilégio, e boa leitura.

Para Regina
Para Soraya

Aqueles que andam pelo campo e veem as duas laranjas maduras e iguais, como podem saber que uma é boa e outra é ruim? Somente levando-as à boca?

O RIO

O HOMEM VIU O RIO E SE entusiasmou pela sua beleza. O rio corria pela planície, contornando árvores e molhando grandes pedras. Refletia o sol e era margeado por grama verde e macia.

O homem pegou o rio e o levou para casa, esperando que, lá, ele lhe desse a mesma beleza. Mas o que aconteceu foi sua casa ser inundada e suas coisas levadas pela água.

O homem devolveu o rio à planície. Agora quando lhe falam das belezas que antes admirava, ele diz que não se lembra. Não se lembra das planícies, das grandes pedras, dos reflexos do sol e da grama verde e macia. Lembra-se apenas da sua casa alagada e de suas coisas perdidas pela corrente.

O CARREGAMENTO PRECIOSO

MANDARAM-LHE UM PRECIOSO CARREGAMENTO. Ele conferiu e assinou os recibos. Depois retirou os móveis da casa e guardou lá dentro o carregamento que os caminhões haviam lhe entregado. Dorme de pé porque não há mais espaço para sua cama. Dorme sobressaltado, com medo que lhe roubem o carregamento. Está magro e já não confia nas pessoas.

Perguntamos, do meio da rua, por que não nos deixava aproximar e sentar-nos à sua porta como fazíamos antes. Respondeu que desse modo evitava que roubássemos seu tesouro.

— E quem lhe enviou este pesadelo? — perguntamos outra vez do meio da rua.

Respondeu que não sabia, mas o carregamento, ele disse, não era um pesadelo, era o seu tesouro, a sua riqueza.

A ÁRVORE
QUE PENSAVA

Houve uma árvore que pensava. E pensava muito. Um dia transpuseram-na para a praça no centro da cidade. Fez-lhe bem a deferência. Ela entusiasmou-se, cresceu, agigantou-se.

Aí vieram os homens e podaram seus galhos. A árvore estranhou o fato e corrigiu seu crescimento, pensando estar na direção de seus galhos a causa da insatisfação dos homens. Mas quando ela novamente se agigantou os homens voltaram e novamente amputaram seus galhos.

A árvore queria satisfazer aos homens por julgá-los seus benfeitores, e parou de crescer. E como ela não crescesse mais, os homens a arrancaram da praça e colocaram outra em seu lugar.

O ROUBO DO SOL

Havia uma terra em que todos os homens eram desonestos, menos um que, por esse motivo, era admirado e respeitado.

Mas havia uma razão para esse homem não ser desonesto. Ele almejava a posição de guarda do sol. E quando julgou que era chegada a época, candidatou-se ao posto e foi eleito.

Após sua eleição, os vários membros do povo que vigiavam o guarda e se vigiavam mutuamente sentiram que suas funções haviam perdido o significado. E no dia em que o homem honesto viu-se sozinho guardando o astro-rei, ele fez aquilo para o qual vinha se preparando durante toda sua vida: roubou o sol. Roubou o sol e se escondeu com ele na caverna mais profunda.

E lá em seu esconderijo esse homem surpreendeu-se quando ouviu os passos dos perseguidores. E gritou que não fora o autor do furto. Que era inocente e o seu passado o comprovava. Mas os perseguidores ignoraram os seus gritos e, antes que o atropelassem a caminho do fundo da caverna, ele perguntou:

— Por que não acreditam em mim? Olhem o meu passado.

E um dos perseguidores respondeu:

— Como acreditar em você se às suas costas está o intenso brilho do sol?

A JUSTIÇA

DE UMA COLINA, ONDE SE DESCORTINAVA toda a cidade, dois homens mantinham silêncio olhando os dois corpos que balançavam lado a lado no patíbulo da praça. Um dos homens era o juiz mais sábio e justo de todo o país, e o outro, um lenhador, seu amigo.

E o lenhador quebrou o silêncio:

— Senhor juiz, nunca houve uma sentença sua que eu não aceitasse como a suprema justiça. Mas, desculpe minha infinita ignorância, por que enviar à forca uma mulher que no julgamento perdoou ao frio assassino do filho? Qual a razão desta sentença, senhor juiz?

E o juiz grave, solene, respondeu:

— A justiça, meu amigo.

— Mas como a justiça, meritíssimo? Essa mulher era uma santa. Perdoava a todos; até ao assassino do filho.

E o juiz, do fundo da sua sabedoria, disse:

—A esse crime ela não tinha o direito de dar o perdão.

O ERRO

Quando cheguei em casa meus cinco pequenos filhos estavam com os rostos machucados. Haviam batido neles com pedaços de pau. Em seus rostos disformes os olhinhos mal apareciam. E eles não choravam, estavam quietos e juntos. Todos os cinco assustados a um canto.

Abracei meus filhos e não consegui que me dissessem quem lhes havia batido. Chamei um médico. Fui a uma farmácia e meu dinheiro não deu para comprar o que iria curar os rostos dos meus filhos.

Parei na estrada e roubei aos homens que passavam. Um deles, vestido de branco, me disse que um erro não justificava o outro. Ri do que ele disse e continuei roubando aos homens da estrada.

Meu irmão

COM UM ESFORÇO DE MEMÓRIA pude me lembrar do dia em que ele chegou. Foi um dia comum; sem muito sol, muita chuva ou muito vento. Quando ele apareceu em minha casa foi um dia sem nada que o marcasse. E no momento em que bateu à porta eu estava sentado junto à mesa, pensando em algo importante para mim.

Eu o recebi distraído e ele entrou e se alojou. As palavras que me disse — as únicas que pronunciou desde então — não as guardei; e dos seus primeiros gestos não me lembro.

Os dias se sucederam e, às vezes, eu o via entrando em casa. Mas não lhe perguntava por onde havia ido e quais as pessoas com quem fazia amizades. Somente agora sei que não fazia amizades e não ia a lugar algum. Não sabia a língua que se fala nessa terra e nós, eu e minha família, não lhe havíamos ensinado nem a língua nem os costumes daqui.

Um dia, disso me lembro, entrei no banheiro para lavar as mãos e o vi de pé, encostado à parede, com lágrimas descendo dos olhos. A expressão de amargura e suas lágrimas me queimaram.

Chamei minha esposa e meus filhos e o conduzimos à mesa. E fizemos uma reunião para, com dedicação e carinho, secarmos suas lágrimas.

As lágrimas secaram, sua expressão, no entanto, permaneceu retratando a amargura interna. E ele não pôde responder às nossas perguntas. Devido ao tempo em que permanecera em silêncio, havia se esquecido de como se pronunciam as palavras.

O TELEFONEMA

Um homem saiu de casa para ir ao trabalho mas não seguiu o caminho do escritório e sim do aeroporto. Comprou uma passagem com um nome que não era o seu, e foi para São Paulo, que é a maior cidade do Brasil. Lá escolheu um hotel em que havia telefone nos quartos. No registro de hóspedes todos os dados que fornecera eram falsos. Ele nunca havia ido a São Paulo e não conhecia ninguém de lá.

No quarto o homem trancou a porta, tirou os sapatos, as meias, a roupa do corpo e sentou-se na cama. Puxou a mesa do telefone para perto e ficou esperando o telefone tocar.

O telefone não tocou uma vez e o homem morreu de fome e sede sentado na cama esperando que alguém lhe telefonasse.

Setecentas
mulheres azuis

O GAROTO ANDAVA À MINHA PROCURA e, quando atravessei a praça, senti que ele me puxava a calça. Olhei e me surpreendi com sua magreza.

— Seu moço, seu moço — ele dizia me puxando pela calça.

Não havia ninguém na praça e o garoto não deixava de me puxar e de dizer:

"Seu moço, seu moço."

Então eu o segui. Saímos da praça, seguimos pela calçada e paramos em frente a um prédio cinzento, sombrio e grande. O garoto olhou para mim e vi que aquele era o prédio aonde íamos. A porta era de ferro e estava encostada. O garoto empurrou-a e entramos no saguão. Fomos a uma porta de vidro. Ele bateu no vidro e a porta se abriu. Entramos e era uma sala. A sala estava às escuras e as luzes acenderam-se quando entramos. Dentro da sala havia setecentas mulheres.

— Seu moço, são todas suas — ele me disse. E repetiu: — São todas suas, seu moço.

E largou minha calça. Olhei para ele e me senti triste. Muito triste. E falei:

— É uma pena, garoto; mas são todas azuis e eu não gosto de mulheres azuis.

O CANGURU
BRANCO

Como todos aqui têm suas raridades, eu, para não me sentir diferente, peguei minha fortuna e comprei uma raridade. Fui comprá-la longe, na Austrália. E agora sou igual a todos, também tenho a minha raridade. Comprei um canguru branco. Não serve para nada, não faz nada, mas é uma raridade. É um canguru branco. E muitos me invejam e admiram.

A VIDA DE UM HOMEM

TUDO FOI A CERTEZA QUE ELE TEVE. Primeiro que algo iria acontecer. Depois que iria demorar. Não muito, mas que demoraria. E, por fim, que quando acontecesse, seria uma coisa fantástica. Tão grande e solene como o carro preto que chega à noite e todos se reúnem sérios, graves e curiosos.

Ele entrou para dentro de casa e não saiu nem viveu, esperando o que iria acontecer.

Seu amigo disse, na hora em que ele morria:

— Agora já é tarde para que as coisas lhe aconteçam.

Os homens fracos do mar

Depois de percorrer todo o mundo percebi que era em minha terra que residia a verdade. E voltei ao local onde nasci. Ao chegar soube que um homem do mar havia chegado à praia e avisado que nossos irmãos das montanhas preparavam-se para nos invadir. E que eles viriam nos matar, roubar nossas mulheres e queimar nossas casas.

Todos se preparavam para resistir à invasão dos homens das montanhas e eu, como amante da minha terra, auxiliei nos preparativos.

E no local onde nasci não falamos nem fizemos outras coisas que não fossem os preparativos para a luta.

E foi, então, que numa noite, quando estávamos em nossas posições de defesa, vendo as fogueiras dos irmãos que viviam nas montanhas e que iriam nos atacar, fomos invadidos, nossas mulheres roubadas e nossas casas incendiadas, tudo pelos homens vindos do mar.

Eu não
o conheci

Meu filho foi embora e eu não o conheci. Acostumei-me com ele em casa e me esqueci de conhecê-lo. Agora que sua ausência me pesa, é que vejo como era necessário tê-lo conhecido.

Lembro-me dele. Lembro-me bem em poucas ocasiões.

Um dia, na sala, ele me puxou a barra do paletó e me fez examinar seu pequeno dedo machucado. Foi um exame rápido.

Uma outra vez me pediu que lhe consertasse um brinquedo velho. Eu estava com pressa e não consertei. Mas lhe comprei um brinquedo novo. Na noite seguinte, quando entrei em casa, ele estava deitado no tapete, dormindo e abraçado ao brinquedo velho. O novo estava a um canto.

Eu tinha um filho e agora não o tenho mais porque ele foi embora. E este meu filho, uma noite, me chamou e disse:

— Fica comigo. Só um pouquinho, pai.

Eu não podia; mas a babá ficou com ele.

Sou um homem muito ocupado. Mas meu filho foi embora. Foi embora e eu não o conheci.

O CAÇADOR
DE ÍDOLOS

Essa pessoa que conheço é a tal que procura ídolos por toda a parte. Quando os encontra, ajoelha para adorá-los. E enquanto os contempla em sua adoração, descobre seus defeitos. E se não os descobre, inventa-os.

    E essa pessoa que conheço sempre sai em busca de novos ídolos, e cada vez mais amargurada.

As coisas passam

Não há meio das coisas seguirem junto com o homem.
O homem lustrou sua calça no banco, ela se esgarçou e ele a trocou por outra.

A camisa que molhou e secou várias vezes com o seu suor, rasgou a manga e as costas, e o homem trocou de camisa.

A tarde passou e veio a noite para o homem. E seus cigarros e seus fósforos queimaram, e tudo ele trocou.

E o homem morreu sozinho. E mesmo quando morreu seus sonhos eram outros.

A PRINCIPAL ATRAÇÃO

ELE FAZIA PARTE DAS ATRAÇÕES da cidade e na agência de turismo era notificada a sua existência como um segredo revelado a pessoas especiais. E nós, turistas, contávamos aos amigos, justificando a visita àquela pequena cidade do litoral.

Alguns dias após minha chegada, fui discretamente avisado de que naquela noite deveríamos todos comparecer à praia. E logo que escureceu, as procissões silenciosas se formaram em direção ao observatório. Todas as pessoas apresentavam um ar de seriedade e permanecemos horas atentos, esperando que ele surgisse. Nas arquibancadas não se percebia uma voz, um movimento, uma impaciência.

Era já bem tarde e a lua prateava a areia quando um homem saiu do mar.

Ao notar sua presença a água lhe chegava à cintura. Ele veio andando até a praia, sentou-se junto à água e ergueu o rosto para o céu. Permaneceu nesta posição por longo tempo, olhando a lua. Depois abaixou o rosto, beijou a areia, ergueu-se e, de costas, voltou ao mar. Foi de encontro às ondas, e quando a água lhe chegou à cintura, seguiu nadando, deixando a praia outra vez deserta.

Todos se levantaram e deixaram o observatório. Apenas eu permaneci, aguardando o grande acontecimento.

A CONFIANÇA

Foram almoçar e eu permaneci onde estava. A fome era tanta que me faltaram forças para andar até o local onde ofereciam almoço. E como ninguém se lembrou de me oferecer ajuda, permaneci parado e fraco.

As horas se passaram e agora, que já não há mais esperanças, sinto o mundo rodando e me amaldiçoo por não ter pedido auxílio.

O TEMPO
LÁ DE FORA

DENTRO DE MINHA CASA O VENTO não penetrava, somente lá fora era frio e o vento assobiava. Mas veio alguém e abriu a porta. Meus pés gelaram e meus ouvidos escutaram os gemidos do vento.

Agora não posso deixar que fechem a porta. De que modo gozarei o calor e o silêncio de minha casa, sabendo como está frio e como venta além destas paredes?

AS JANELAS ABERTAS

MINHA CASA É CONSTRUÍDA sobre altos pilares. Há dias minha mulher saiu e levou as chaves das portas. Eu estava dormindo no momento em que ela saiu e deixou as portas fechadas. Havia trabalhado muito na véspera, meu sono era pesado e não acordei com minha mulher se aprontando.

Tentei abrir as portas e não consegui. Todas estavam trancadas.

Minhas três filhas ficaram comigo, mas devido às suas idades não compreenderam a situação e não puderam me ajudar.

As janelas já não representam nenhuma saída, pois as colchas e os lençóis emendados não deram para alcançar a rua. Telefonei aos meus conhecidos e todos desligaram o telefone rindo da minha situação e dizendo que nada podiam fazer. A polícia e o corpo de bombeiros não acreditaram em mim e ameaçaram-me por estar importunando-os.

Enquanto a luz não foi cortada por falta de pagamento, tive a televisão e o rádio para distrair as minhas filhas. Agora não tenho mais. E a falta d'água já não me causa apreensão. Fico apenas sentado na sala, esperando que a última de minhas filhas morra de fome e de sede. As duas maiores não resistiram muito. Resta-me a mais nova, que dia a dia percebo mais magra e mais débil. Já não chora, nem reclama; permanece deitada e dormindo. Somente de vez em quando acorda, abre os olhos e me fita demoradamente.

As estrelas que vejo da janela não têm segredos e o sol é muito grande para distrair-me. Tenho, pois, no momento, apenas uma coisa para fazer: pensar na minha situação. E vejo que só me resta esperar. Esperar que a última de minhas filhas morra, para aí, então, deitá-la ao lado das suas irmãs. Depois continuar esperando o dia em que eu também me estenderei ao lado delas.

O GRANDE TRABALHO

Sua ocupação era relacionar e descrever as formas das pedras. Arquivou em milhares de salas todas as formas e tipos das pedras da terra.

Quando morreu disse que o futuro, já que o presente o ignorava, lhe renderia homenagens.

"Moribundo não mente", ensinaram-nos sempre.

E há centenas de anos esperamos surgir a valorização do seu trabalho.

Três homens

Minha família é composta de três membros. Um demente, um gênio e eu, que sou militar.

Todos nós, não sei se vocês sabem, temos um costume: o de à meia-noite sair e dar três voltas em torno de nossa casa.

Meu parente que é louco dá as três voltas procurando sua estrela de cinco pontas.

Meu parente que é gênio levanta-se à meia-noite e dá três voltas em torno da casa procurando uma verdade.

E eu, que sou militar, dou as três voltas procurando o meu deus vermelho.

A MULHER IRREAL

Era irreal aquela mulher. Toda de preto e com meias compridas. Muito séria e durante o tempo em que esteve comigo não consegui que sorrisse uma vez.

Levei-a para o meu quarto e enquanto tirei os sapatos, sentado na borda da cama, ela adormeceu. Como não percebi, deitei-me sobre ela e verifiquei, então, que era irreal, pois transformou-se na criança de dois anos, loura de cabelos encaracolados e com a mão esquerda apoiada na testa. Enquanto fazia esforços para acordá-la vi que sorria, e era um sorriso terno e suave como o de uma criança. E a mão que trazia sobre a testa escorregou para o travesseiro, deixando à mostra uma flor vermelha que mal havia desabrochado.

Não me senti bem vendo aquela flor vermelha que desabrochava sobre a testa de uma criança. Mas ela acordou. E, no momento em que abriu os olhos, era novamente a mulher de preto. E estava séria.

E novamente fechou os olhos e se tornou criança. E sorria com a mão esquerda sobre a testa.

Ao tentar mais uma vez acordá-la, sua mão voltou a escorregar para o travesseiro e vi que em sua testa um botão de rosa se abria. Senti-me nervoso ao ver aquele botão de rosa se abrindo na testa de uma criança adormecida.

E quando aquela mulher abriu os olhos, acordando pela segunda vez e pela segunda vez deixando de ser criança, percebi que era irreal.

Povo da redoma

Um homem vivia na redoma de vidro e lá ele não era considerado uma pessoa de bem. Os bons eram os quietos, os que não se moviam. Os que se deixavam ficar inertes. O ar era pouco e o valor consistia em se movimentar e respirar o menos possível.

O homem, por não seguir o exemplo dos bons da redoma de vidro, foi expulso. E sentiu-se mergulhado na vergonha e na tristeza.

No mundo fora da redoma ele se movimentou livremente e se tornou um dos bons. E se esqueceu do mundo de onde viera.

Um dia, ao passar ao lado da parede de vidro, viu a quietude de seus antigos companheiros. Tentou convencê-los a sair dali. Gritou e falou do ridículo daquelas atitudes. Mas eles não se moveram. Não lhe deram respostas. Continuaram quietos e inertes como era exigido dentro da redoma.

Os homens dos subúrbios

Os que moram nos subúrbios trabalham no centro da cidade e recebem o pagamento no fim do dia.

Pela manhã, quando chegam na praça, veem sobre as bancas de madeira os peixes frescos e grandes que os caminhões trouxeram pela madrugada. Mas pela manhã ainda não trabalharam e não têm dinheiro. E eles passam o dia pensando nos peixes frescos e grandes estendidos sobre as bancas de madeira. À tarde, voltam com dinheiro e, quando se aproximam das bancas, sentem o mau cheiro: os peixes ficaram todo o dia ao sol e estragaram-se.

Os homens dos subúrbios, então, levam para suas famílias outras coisas em vez de peixe fresco.

Os degraus do palanque

Faltam degraus na escada que conduz ao alto do palanque erguido perante a multidão.

Ao construírem o palanque, chamaram o melhor construtor de escadas da cidade, que é rústico e iletrado, e disseram a ele que por aqueles degraus subiriam as maiores autoridades do país.

O construtor de escadas pensou nos homens ilustres e a escada saiu partida.

E agora que a multidão se acha reunida defronte ao palanque, ninguém aparece ao alto.

A estrela-guia

Uma vez, olhando o céu, ele julgou que entre aqueles milhões de astros uma estrela cintilava para ele. E cintilava mais do que as outras. E ele a escolheu como sua estrela-guia.

Desde aí segue na direção dessa estrela. Atravessa campos, mares e cidades. Sente frio e calor. Salta muros, paredes, invade portas e janelas mas não se afasta do caminho de sua estrela-guia.

A ESPOSA

A PESSOA MAIS ÍNTIMA QUE EU TENHO é minha mulher. Deito-me com ela, comemos na mesma mesa, trocamos de roupa no mesmo quarto e meus filhos são filhos dela.

Eu trabalho na rua e ela sai apenas comigo. A pessoa mais íntima que eu tenho é minha mulher. Ela vive num mundo e eu vivo em outro. A linguagem que eu falo ela não fala, e ela vive comigo e é a dona de minha casa.

O JEGUE CEGO

Na serra de Ibiapaba, numa de suas encostas mais altas, encontrei um jegue. Estava voltado para o lado leste e me pareceu que descortinava o panorama. Mas quando me aproximei, percebi que era cego.

Perguntei-lhe o que fazia nas encostas daquela serra. Ele me respondeu que sempre tivera vontade de ficar ali, parado, descortinando o panorama árido. Mas o homem não permitia que ele abandonasse o trabalho e se dirigisse àquele sítio. Só houve um meio do homem deixá-lo ir: era tornando-se inútil. E ele tornou-se cego, e ali estava.

— Mas você não pode ver o panorama — eu lhe disse.

— Não tem importância — ele respondeu —, eu posso imaginá-lo.

A CRIANÇA

DE REPENTE, NO MEIO DA SALA, comecei a me sentir menor. E fui diminuindo até que tudo em volta ficou enorme e eu diminuto.

A criança me olhou e disse:

— Olha o papai; olha como ele está pequenininho.

A mulher me olhou e disse:

—Você está se sentindo bem?

# A CASA DOS MEUS SONHOS

A CASA DOS MEUS SONHOS ficava longe e eu tive que atravessar os prados que a circundavam para me aproximar dos grandes portões que a separavam do mundo.

Atravessei os portões mas não consegui abrir as portas. Forcei todas elas mas foi em vão.

Voltei à cidade e, quando me viram, os que sabiam dos meus sonhos perguntaram-me a razão da volta. Disse-lhes da impossibilidade de transpor as portas que fechavam as entradas de casa. Indagaram sobre as chaves, e respondi que não havia levado nenhuma chave. Lembraram-me, então, que as casas são impossíveis de se entrar sem as chaves.

Agradeci a todos pela lembrança, apanhei as chaves e me dirigi novamente em direção à casa, certo de que esta era a barreira que impedia a realização da minha vontade.

Atravessei novamente os prados, os grandes portões, e agora estou aqui sentado à frente da casa. Eles, os que me lembraram das chaves, não me disseram como utilizá-las em portas onde não existem fechaduras.

Mulheres frias

Todas as noites ela vinha e sentava-se no muro próximo a minha casa. As noites eram frias e ela passava todas as horas escuras sem se mover do lugar. Uma noite não apareceu, e disseram-me que havia fantasmas pelas sombras. Não me incomodei: primeiro porque não acredito em fantasmas e, segundo, porque se houvesse não lhes teria medo.

Mas invadiram minha casa e vi que não eram fantasmas, eram mulheres vestidas de branco. Fugi pelas ruas e até o amanhecer eu fugia das mulheres de branco.

Agora elas me perseguem. São frias e estão de branco. E estão por toda parte, obrigando-me a passar as noites e os dias correndo e fugindo.

O NOME

Conheci uma mulher. Conversei com ela, levei-a para minha casa. Nós nos amamos muito. Foi a mulher a quem mais amei. Vivíamos apenas nós dois e ninguém nos fazia falta.

Depois tivemos que voltar para o convívio dos outros. E foi aí que a perdi. Havia me esquecido de perguntar-lhe o nome. E no meio das outras pessoas a gente se encontra apenas se souber o nome. E o daquela mulher eu tinha me esquecido de perguntar.

A REPRESA

Um grupo de homens procurava um lugar para viver. Escolheram um vale verde limitado por duas serras. Ali construíram suas casas e suas oficinas de trabalho. Tudo deu certo e os homens foram felizes até o dia em que começaram as chuvas e a água correu pelo vale. Um dos homens convenceu os outros que ali não devia correr um rio, nem regato, nem enxurrada. Que nada naquele vale devia mudar. E não aceitou, e fez com que os outros não aceitassem, a ideia de elevar as casas ou cavar um leito para a água que corria. E começaram a empilhar pedras. Fizeram uma bela represa. Mas a chuva continuou e foram obrigados a carregar mais pedras e erguer mais a barragem. E ergueram-na a uma altura nunca vista. Fizeram tudo o que era possível para evitar que a água corresse pelo vale; só não puderam interromper a chuva. E veio o dia em que a água atingiu a altura da barragem e passou sobre ela. E a minou, e a rompeu. E o vale foi, momentaneamente, invadido pelas águas e tudo foi destruído. Agora, na época das chuvas, um rio manso corre pelo vale verde e deserto.

A FELICIDADE

Ensinaram-lhe que ali, naquele sítio, é que ele encontraria o pedaço de felicidade. E agora lá está ele: as mãos crispadas nas reentrâncias do rochedo e o corpo fustigado pelo vento. Seus olhos não saem do pedaço da felicidade.

Temos certeza de que acabará soltando uma das mãos para apanhar a felicidade e aí cairá do rochedo. E nós veremos o vento levar um homem com a felicidade nas mãos.

A POEIRA
DA CIDADE

Desde que me lembro de mim, vejo-me varrendo o chão da casa onde eu moro. Sempre, os dias e as noites, varrendo a poeira que se depositava sobre o assoalho. E o trabalho não rendia o que eu desejava. Por mais que varresse, o chão permanecia com a poeira que era sempre mais e mais.

Um dia veio meu irmão e ficou a me ver passar a vassoura para lá e para cá. Depois, muito calmamente, mostrou-me que minha casa não possuía teto e que eu morava ao pé da grande cidade.

Larguei a vassoura e hoje não limpo nem me preocupo com a poeira que vem se depositando sobre meu assoalho, cada vez mais e mais.

O LIBERTADOR

Comprei a única marreta que concordaram em me vender. Comprei-a e durante a noite fugi. Atravessei a cidade, o rio, a planície e escalei a serra que da cidade era o fim do meu horizonte. Na serra desci no passo bloqueado pelas grandes pedras que impediam o caminho dos meus amigos.

Tirei a camisa, peguei na marreta e iniciei o trabalho de libertar a cidade. Ela me pareceu leve e quando se quebrou é que notei ser de madeira. E eu que pensava estar no meu ânimo a causa de sua leveza.

Mas aqueles que concordaram em me vender a marreta, e que fingiram dormir quando parti, estão enganados. Mesmo que seja com madeira, lágrimas e sangue, desfarei estas rochas que prendem minha cidade.

BICO DE PRATA

Eu vi. Ele pegou o pássaro, colocou-lhe um bico de prata e lhe ensinou a fazer o ninho com fios de ouro.

Quando o pássaro foi solto, segui o seu voo. Procurei-o entre as árvores até que o encontrei. No seu ninho havia três ovos pequenos. Ovos comuns que se quebraram quando os apertei. E tão pequenos que não deram para matar minha fome.

Os condutores do boi

Este monumento que você está vendo é o monumento aos homens que conduzem o boi.

Muitos e muitos homens são necessários para conduzir o boi ao matadouro. O boi quando novo trabalha, é forte e ágil. Quando velho não trabalha mais; perde a agilidade, mas fica experiente e manhoso.

E o boi, depois que não serve mais para o trabalho, é mandado ao matadouro. Devido à sua manha e experiência, vários homens são necessários para conduzi-lo. Tantos que a carne do boi é suficiente apenas para matar a fome destes homens e de mais ninguém. E aos homens não sobra tempo em suas vidas para nada além de conduzir o boi ao matadouro.

O PLANETA
DE TURFA

Quando era criança, disse-me meu amigo, morava num planeta de turfa. Lá as pessoas não passavam fome nem quaisquer outras privações. Todos eram felizes sem o saberem. A vida era calma e os costumes simples. O combustível para suas atividades tiravam-no de sob os pés.

Um dia, ele que era criança e gostava de ver os cavalos correrem, notou que eles estavam desaparecendo. Avisou ao pai e este avisou a todos os homens que os cavalos estavam desaparecendo. Procuraram os cavalos e ao procurar perceberam que a turfa estava queimando em certas áreas do campo.

E, ele me disse, a turfa veio queimando, e era o próprio planeta que queimava. O fogo não tinha chamas e era silencioso. E as casas iam afundando e tudo desaparecendo, à medida que a queima se espalhava.

No fim, após correrem de região a região, todos se refugiaram numa ilha, situada no meio das águas do planeta. E lá se acotovelavam cansados e risonhos do susto sofrido.

Mas também um dia, o fogo sob as águas, queimando a turfa, alcançou a ilha.

GASTAS
PELO TEMPO

Minha amiga me levou à sua casa. Depois pegou seu filho pelo braço e saiu, deixando-me sozinho.

Andei pela casa e encontrei uma porta fechada. Forcei-a e entrei. Era uma sala imensa e no centro havia uma cama com lençóis de linho. Fechei a porta e me deitei na cama. Chorei várias horas até sentir o travesseiro molhado de lágrimas.

Saí da sala e, ao olhar para o umbral da porta, vi uma tabuleta de vidro. Havia algo escrito, mas não se podia ler. As letras estavam gastas pelo tempo.

O OBSERVADOR

O homem parou em frente a um aquário e viu os peixes. Eles nadavam entre as plantas e o homem observou seus movimentos e descobriu seus hábitos. Quando aqueles peixes não possuíam mais mistérios para ele, o homem foi para junto de outros aquários. Depois de observar os peixes de todos os aquários o homem mergulhou no mar. Havia resolvido saber o que ninguém sabia sobre a vida dos peixes, e pensou e agiu para este fim.

Um dia ele caiu na rede de um pescador.

Gesticulou e gritou reclamando contra a quebra de suas observações. O pescador não entendeu o que ele dizia e jogou-o dentro de um tanque. Depois reuniu os estudiosos para verem o que havia caído em sua rede.

Agora, nos tratados sobre o mar, vem a fotografia do homem que caiu na rede, com explicações de que é o remanescente de uma espécie que habitava as águas profundas.

Duzentos
acertos

Ultimamente ando muito ocupado. Venho treinando nos duzentos acertos. São necessários duzentos acertos para eu estar apto a defender minha pátria. Há vários dias venho treinando sem parar. Hoje alcancei a marca de três acertos em três disparos. Quando alcançar duzentos acertos em duzentos disparos, irei para a porta da minha casa e ficarei sentado, vendo as pessoas na rua. Atrás de mim estará o parapeito de onde treino; à minha frente, as pessoas passando pela rua. Aí, então, me sentirei satisfeito e descansado, pois estarei apto a defender minha pátria.

Legião de esperanças

Saí à rua para verificar as diferenças.
 Foi à noite e vi que as coisas haviam mudado. As grandes vitrinas iluminadas estavam às escuras. As expressões de todos eram de expectativa e, nas ruas, pude sentir a brisa que vinha da praia.
 Na rua que dá para o mar, os arautos se fizeram ouvir. As luzes se apagaram, todos sumiram e eu me escondi atrás dos muros. Fiquei sozinho olhando para a escuridão. No morro uma luz acesa me feria os olhos. E no silêncio reinante vi a legião de esperanças passando entre meus olhos e a luz do morro.
 Quando a última fileira da legião de esperanças passou pelo raio de luz, senti-me desolado. E ainda não se haviam acendido as luzes quando pressenti alguém ao meu lado. Virei-me e era minha esperança sorrindo.

As duas pedras

DA JANELA EU VIA O ALTO do morro com as duas grandes pedras recortadas contra o céu. Quando o tempo estava claro eu chegava a divisar os cavalos pastando entre as pedras.

    Um dia pela manhã abandonei meu apartamento e fui viver no alto do morro. E fui resolvido a não mais regressar à cidade. No caminho eu pensava: quando me cansar do morro, olharei em direção à cidade e, vendo a janela do meu apartamento, sentir-me-ei sem ânimo para a volta.

    Hoje o céu está cinzento e o ar frio. Os cavalos fugiram com a minha chegada e as duas pedras são irregulares. Olho para a cidade e não consigo distinguir, entre tantas janelas, qual era o meu posto de observação.

O JOGO

Eu estava encostado a uma parede, num salão de sinuca, esperando a minha vez de jogar, quando vi o cano de uma arma de fogo apontado para a minha testa. Não havia briga e ninguém se achava armado.

De outra feita eu estava com meu fuzil no meio de uma batalha, quando vi um taco se movimentando em direção à minha testa. Não havia jogo e todos ali lutavam.

A CIDADE

Encontraram uma pequena cidade lá nos vales chuvosos. São 12 casas e uma torre. O local é inacessível e só foi encontrado graças à imaginação dos nossos exploradores. Além da chuva, que é constante, há também bruma e, devido a isto, apenas se avista a cidade depois que se desce aos vales. Lá em cima não se veem as 12 casas e a torre.

Disseram, os que encontraram a cidade, que a torre é de madeira e as casas estão vazias. Todas elas desertas. E que é uma cidade inacessível.

O GRANDE DESPREZO

Tudo ele fazia com perfeição. Sua inteligência e capricho lhe permitiam realizar o que aos outros era impossível. E durante noites e noites ele praticou inúmeros crimes perfeitos.

Um dia ao atravessar a rua ele parou.

A cidade cresceu e ele, o homem mais inteligente e caprichoso, continuou parado no meio da rua.

Tempos mais tarde voltei ao local e o vi dentro de um círculo de ferro erguido no meio da rua.

Aproximei-me das grades do círculo e percebi que dentro de seus olhos abertos refletia-se a imagem de um profundo desprezo por todos os homens.

Filhos tristes

Que saudades tenho dos meus filhos. Tenho vários filhos e ando com muitas saudades deles. Todos os meus filhos são pequenos e magros. E são tristes. E uma criança triste traz muitas saudades à gente. Não tenho filhos grandes, são todos pequenos. Irei tê-los grandes quando crescerem, mas aí não serão meus filhos, serão meus amigos e companheiros. E mesmo se forem tristes não serão meus filhos porque terão crescido. Mas agora, que são pequenos e magros, trazem-me muitas saudades. Principalmente porque são tristes.

E o que se faz quando se tem filhos e se sente saudades deles?

A MONTANHA DE CRISTAL

Além dos mares e das planícies que nos cercam, existe uma montanha de cristal. Ela se ergue no meio dos campos e seus arredores são desertos e áridos.

Os viajantes de outras terras, ao verem a montanha à noite, avançam pelos campos que a cercam, deslumbrados pelos reflexos das estrelas nas suas arestas. À medida que se aproximam, vão se encantando com as reverberações da luz da lua, e ignoram os avisos e conselhos para que não se aproximem da montanha. E seguem e param ao seu lado, imóveis, entregues à contemplação da maravilha.

Mas também nessa terra distante o sol nasce após a noite. Quando ele surge no horizonte deserto, seus raios se refletem na montanha e os viajantes se sentem inundados de luz e alegria.

O sol leva um dia para se pôr, e os arredores da montanha são desertos e áridos. E os viajantes fecham os olhos e mesmo assim a intensa luz refletida do cristal atravessa suas pálpebras e queima seus olhos e lhes rouba a visão.

O CANTEIRO VERDE

TENHO UMA FILHA MUITO MAGRA. Não sei fazer carinhos e minha filha é magra.

Subimos ao jardim e nos separamos junto aos canteiros. Ela seguiu pela faixa interna por onde vão as crianças e eu por fora, contornando o jardim. Andamos lado a lado. Ela bem pequena, pernas finas, magra e calada. Eu, sem meios para mudá-la.

Andamos lado a lado. Ela numa faixa e eu noutra. Minha pequena filha não me vê e eu estou sempre olhando em sua direção. Entre nós dois há um canteiro de grama verde.

Cinco dias ao sol

DURANTE CINCO DIAS ME DEIXARAM AO SOL. Não me deram água e ficaram esperando que eu me desidratasse. Mas não conseguiram porque a mulher que eu tenho me trouxe saliva em sua boca. Eu, que já havia desistido de amar profundamente, fui salvo pela saliva que esta mulher querida me trouxe em seus lábios.

Deixaram-me cinco dias ao sol e durante cinco dias eu me queimei e senti medo. Mas a mulher que eu tenho me salvou. Salvou-me com a doce saliva da sua boca.

Miríades

Em torno de mim voam pequenos bichos que estão sempre a colidir com meu corpo. São tão pequenos e voam com tanta energia que a cada colisão me atravessam lado a lado. E sinto um constante cruzar desses pequenos bichos dentro de mim.

Meu corpo vai adquirindo pequenos furos até o dia em que se decomporá. Nesse dia os pequenos bichos passarão a colidir entre si, e em pouco tempo restará apenas o meu espírito sem o corpo e sem o incômodo dessas constantes colisões.

A EVIDÊNCIA

Ela me disse:

— Não, meu amigo, eu não vivi. Nunca andei pelas estradas, nunca um homem me conheceu, e até hoje a água do mar não molhou meu corpo.

Ela me disse isto. Ela que sempre foi sincera, que nenhuma vez faltou com a verdade.

E é por esse motivo que estou pensando: como, se seus cabelos estão molhados pelas ondas, seus pés têm vestígios de todas as estradas e no seio ela amamenta uma criança?

Um alto preço

Um homem me descreveu a cidade onde havia nascido e ela correspondia ao lugar em que todos nós desejávamos viver. Pedi que me dissesse onde ficava essa cidade e ele me respondeu:
— O preço é uma ilusão.
— Mas como posso conseguir uma ilusão? — perguntei. — Já vivi muito. Não tenho mais ilusões.
O homem não ligou para minhas palavras e manteve o preço. Como somente ele conhecia o caminho, saí e durante alguns anos procurei criar uma ilusão. Depois voltei e entreguei a ele o preço que havia pedido. Ele a examinou detidamente e disse:
— É realmente uma ilusão — e ensinou-me o caminho.
Coloquei dentro do carro o que eu possuía e segui em direção à cidade. Quando ela surgiu ao longe, fiquei extasiado com a beleza de suas casas e de suas ruas. Ao me aproximar, no entanto, percebi meu engano: não existiam casas, ruas ou pessoas. Tudo era apenas uma miragem.

As duas mãos

Quando começaram a surgir foram como duas pequenas folhas de cactos. Uma em cada punho. Levei tempos até descobrir que eram duas mãos que nasciam. Permaneci dias e dias observando o crescimento das duas mãos extras. Podia movimentá-las à vontade. Eram delicadas como de crianças e, no início, machucavam-se com facilidade. Batiam nas portas quando eu utilizava as mais velhas para girar chaves e maçanetas. Feriam-se nas paredes, nas torneiras e nas gavetas. Algumas vezes levei pancadas no queixo quando me distraí ao comer. Mas essa fase passou e veio o reflexo que me fazia acrescentar espaço para elas.

Com o tempo tornaram-se fortes e hábeis como suas irmãs mais antigas. Mas não prestaram serviços. Permaneceram inúteis à espera de uma oportunidade que não veio.

Um dia fui a um hospital e operei minhas mãos novas.

Hoje sou novamente um homem de duas mãos, e, no entanto, quando olho os punhos, sinto-me aleijado.

OS FANTASMAS

No meu quarto, além da cama, do mosquiteiro e da toalha, havia os cinco fantasmas.

Sentei-me na cama e esperei que se aproximassem. Ao chegarem perto, pulei sobre eles e os amarrei com a corda do mosquiteiro. Depois de amarrados tornaram-se inofensivos e eu os joguei embaixo da cama. Mas não prendi todos. Resta o fantasma preto. É menor e mais esperto que os outros.

Por várias horas permaneci quieto esperando que ele chegasse ao alcance das minhas mãos. Ele não baixou do teto uma vez. Joguei-lhe a toalha. Ele fugiu e ainda zombou de mim. Joguei-lhe o par de sapatos e meus vizinhos de quarto reclamaram do barulho.

Não posso fechar os olhos. Se dormir, este fantasma descerá do teto, comerá as falanges dos meus dedos e eu acordarei com os dedos comidos.

Amanhã estarei cansado e com os olhos vermelhos. E durante o dia permanecerei desperto, pensando num meio de aprisionar este pequeno fantasma remanescente.

O TÚMULO DE NEVE

ERA DE NEVE A MONTANHA E ELE VEIO, fez um túmulo e se enterrou. E ali permaneceu sem vida até o dia em que a face da terra mudou e a neve derreteu.

Foi-lhe extremamente penoso o espaço de tempo em que andou à procura de outra montanha de neve. E novamente a face da terra mudou e ele se viu mais uma vez a descoberto e com vida em seu corpo.

Agora que já sabe quão inconstante é a face da terra, mesmo na imobilidade de seu túmulo, não encontra a paz que procurava. E sonha com o dia em que estarão derretidas todas as neves do mundo.

As cruzes
do caminho

Minha estrada é cheia de bruma. Tenho que ir devagar para não me perder. Ao lado da estrada só vejo pequenas manchas escuras. São cruzes. São as cruzes do caminho. Nas ocasiões em que me desvio, tropeço nessas manchas e volto à direção correta. Vou sempre com bastante atenção, mas consciente de que essas cruzes irão interromper minha jornada quando eu não puder mais visualizar a estrada.

O HARAQUIRI

Já me haviam dito:

— Não siga aquela mulher. Ela é precursora de grandes tragédias.

Mas uma tarde, na praça cheia de gente, eu a avistei correndo, esbarrando nas pessoas e quase caindo. Ao passar por mim seu olhar de súplica me comoveu e, ignorando os avisos, eu a segui. Fomos em direção ao prédio da Prefeitura e ela, mesmo cansada, quase desmaiando, continuava correndo.

Chegamos ao prédio da Prefeitura e subimos as escadas até o último andar. A mulher abriu uma porta e ficou ali, parada. Eu, que a seguia de perto, entrei. Na penumbra da sala, dentro de um círculo de luz, o meu único amigo, de joelhos, praticava haraquiri.

A SOMBRA
A MEUS PÉS

TODAS AS VEZES QUE EU SAÍA À RUA, o cão negro vinha e ficava a rodar em torno dos meus pés. A princípio estranhei o procedimento do cão, mas por fim acostumei-me com aquilo que já nem mais notava seu procedimento.

Com o tempo o cão se excedeu e passou a não me largar mais. Em todos os lugares para onde me dirigia, ali estava ele, sempre rodando em torno em mim, com a cabeça baixa e seu aspecto terrível.

Meus amigos combinaram um dia, sem que eu soubesse, a morte do cão. E um carro passou rente a meus pés e o matou.

Ficou a sombra. E essa não há meio de matar. Está sempre rodando à minha volta. Quando a claridade reinante é muito intensa, ela se torna tão viva que a todos incomoda. Mas quando reina a escuridão, ninguém vê a sombra que ficou. Apenas eu sei que ela continua ali rente a meus pés.

O PÉ DE LARANJA-LIMA

JUNTO À MONTANHA AS GALINHAS dormiam empoleiradas nos galhos de um pé de laranja-lima. Entre elas havia uma diferente. Ela se acostumara com o espaço de tempo em que permanecia dormindo e, também, com o espaço de tempo em que andava pelo mato. Tanto é assim que, no dia do eclipse do sol, todas as galinhas, às duas da tarde, foram para seus poleiros, exceto a que se acostumara com os espaços de tempo. E, quando o sol parou no horizonte, apenas a galinha diferente foi para o poleiro. As outras permaneceram pelo mato até que o sol voltou a se movimentar e se escondeu.

Um dia esta galinha ficou cega. Mas, como durante todos os dias de sua vida havia subido para o mesmo galho do pé de laranja-lima, a falta da visão não a impediu de continuar dormindo no seu poleiro. E, na hora em que o sol despontava, ela abria os olhos sem vida, descia da sua árvore e ia para o mato. E, na hora em que o sol se escondia, ela, que se acostumara com os espaços de tempo, subia para o seu galho.

Vejo o progresso e os homens, construtores de estradas, cortaram o pé de laranja-lima.

Ninguém avisou à galinha cega que haviam cortado a árvore de seu poleiro. E é por isso que ao pé da montanha, à margem da estrada, pode-se ver entre o pôr e o nascer do sol uma galinha no ar, dormindo em sua posição de empoleirada.

Sobre o autor

Oswaldo França Júnior nasceu em Serro, no estado de Minas Gerais, em 21 de julho de 1936. Cursou faculdade de economia, mas não chegou a se formar. Nutria desde a infância o desejo de voar, dando, em 1953, os primeiros passos nesse caminho ao ingressar na Escola Preparatória de Cadetes do Ar, no município mineiro de Barbacena. Mais tarde foi para o Rio de Janeiro, onde concluiu o curso de Formação de Oficial Aviador, e, transferido para Fortaleza, passou a pilotar aviões de combate.

Em 1961, enquanto servia na Força Aérea Brasileira em Porto Alegre, recebeu, após a renúncia do presidente Jânio Quadros, a ordem de bombardear o Palácio do Governo, onde estava Leonel Brizola, então governador do Rio Grande do Sul. Conforme recordou em entrevista a Geneton Moraes Neto, publicada no *Jornal do Brasil* em 1987, "os sargentos esvaziaram os pneus dos aviões. E trocar de repente todos os pneus dos aviões de combate é um problema técnico complicado e demorado. Os aviões, assim, ficaram impedidos de decolar na hora do ataque". A missão, para o alívio de França Júnior, fracassou.

Com o golpe militar de 1964, foi acusado de subversão e expulso da Aeronáutica. Depois disso, casado e com três filhos, teve diversas ocupações. O amigo Rubem Braga, que o considerava "um dos maiores escritores de ficção do Brasil", lembrou dessa fase: "Houve um tempo em que, cada vez que eu o encontrava, ia perguntando: mas, afinal, qual é a sua profissão? Ele ria e respondia que agora tinha uns carrinhos de pipoca, ou estava comprando e vendendo carros usados. Também lidava com cereais. Ou então era corretor. De quê? De ações, também um pouco de imóveis. Eu observava que a profissão de corretor é certamente muito séria, mas o diabo é que o sujeito que não tem profissão definida acaba dizendo que é corretor. Ele ria e confessava que era sócio de uma pequena frota de táxis, e uma de suas tarefas era testar a capacidade dos motoristas. Ou então havia comprado uma banca de jornais..."

Nas horas vagas, produzia contos. Certo dia arrumou coragem e levou alguns para Braga avaliar. O capixaba, grande cronista e um dos donos, com Fernando Sabino, da Editora do Autor, gostou do que leu. Comentou, no entanto, que contos não vendiam bem. "Se fosse romance, eu publicava", teria dito Braga, em relato do próprio França Júnior à TV Minas. O aspirante a escritor não titubeou, retrucando que estava prestes a finalizar um romance — faltava apenas revisar. Como era mentira, voltou correndo para casa e avisou a esposa: "Não deixa o menino fazer bagunça, porque eu vou fazer um trabalho importante."

Em 1965 saiu *O viúvo*, estreia de Oswaldo França Júnior, pela Editora do Autor. O romance sobre um vendedor de queijos que tentava reconstruir a vida após a morte da esposa não foi um sucesso de público, mas chamou atenção da crítica. Posteriormente, a professora Regina Zilberman, em texto publicado no jornal *O Estado de S. Paulo*, destacaria que o livro já manifestava as características centrais que marcariam toda a sua obra: "o aproveitamento ficcional do cotidiano da classe média urbana, que, se coincide com o de seus leitores numa certa medida, não comparece com frequência marcante em nossa literatura; e a apropriação de uma linguagem na qual predomina o fluxo interior da consciência dos protagonistas, sem que o fato incida no abandono da oralidade e do tom coloquial."

Com *Jorge, um brasileiro* (1967) veio a consagração. A história de um motorista de caminhão em viagem pelo interior do Brasil acumulou mais de setecentos mil exemplares vendidos e recebeu o Prêmio Walmap, à época o maior concurso literário do país, tendo como jurados escritores como Guimarães Rosa, Jorge Amado e Antônio Olinto. Mais tarde traduzido para o inglês, entre outras línguas, o romance foi aclamado nas páginas da revista norte-americana *New Yorker* pelo escritor John Updike, para quem a narrativa de França Júnior tinha "a qualidade de épicos norte-americanos" como *As aventuras de Huckleberry Finn*, de Mark Twain, e *On the Road*, de Jack Kerouac. Outros chegaram a comparar seu estilo ao de Albert Camus e de Gabriel García Márquez.

Na opinião do crítico brasileiro Wilson Martins, *Jorge, um brasileiro* "resistiu com galhardia ao tempo e à tradução, duas provas eliminatórias no processo de durabilidade literária: é uma novela que se relê com o mesmo prazer e a mesma surpresa da primeira leitura". Foi ainda adaptado para a televisão, no fim da década de 1970, como parte do programa *Caso especial*, da TV Globo, que por sua vez deu origem à série *Carga pesada*, com os atores Antônio Fagundes e Stênio Garcia. Em 1987 o longa-metragem homônimo de Paulo Thiago transpôs o livro para as telas de cinema.

Na esteira do sucesso editorial, França Júnior passou a lançar, em média, um romance a cada dois anos. Vieram *Um dia no Rio* (1969), *O homem de macacão* (1972), *A volta para Marilda* (1974), *Os dois irmãos* (1976), *As lembranças de Eliana* (1978), *Aqui e em outros lugares* (1980), *À procura dos motivos* (1982) e *O passo-bandeira* (1984) — esse último com contornos autobiográficos, abordando a temática da aviação. Ao retratar pessoas comuns em suas batalhas cotidianas, eram obras, como descreveu Fernando Sabino, feitas "não apenas de palavras escritas, mas de sentimentos da humanidade que ele extraiu da própria vida".

Seu primeiro — e único — volume de contos, gênero que foi sua porta de entrada para a literatura, chegou em 1985. À imprensa, confessou que nunca havia reunido seus contos por considerá-los muito íntimos e que aquele *As laranjas iguais*, com 61 narrativas brevíssimas, teria nascido após "um acesso de coragem ou irresponsabilidade". "Não tenho planos de lançar outra coletânea", completou. Hoje, é celebrado como clássico do microconto brasileiro. Um de seus textos mais famosos, "A árvore que pensava", foi transformado em livro para o público infantil acompanhado de ilustrações de Ângela Lago.

Mantendo a promessa, França Júnior logo retornou aos romances. Após integrar o júri do prêmio Casa de las Américas, na cidade cubana de Havana, escreveu *Recordações de amar em Cuba* (1986), *No fundo das águas* (1987) e o lançado postumamente *De ouro e de Amazônia*.

Um acidente fatal de automóvel interrompeu a carreira de Oswaldo França Júnior no dia 10 de junho de 1989. Na antiga BR-262 (hoje BR-381), estrada que liga as cidades mineiras de Belo Horizonte e João Monlevade, conhecida como a "Rodovia da Morte", o carro que dirigia rodou na pista e despencou mais de cinquenta metros. "O terrível é que o Brasil não estava em condições, não tinha o direito de perder um escritor como Oswaldo França Júnior, em plena produção e em plena aventura de vida, com seus 53 anos, sua densa humanidade generosa, seu riso claro de rapaz", lamentou Rubem Braga.

De ouro e de Amazônia, lançado em dezembro daquele mesmo ano, foi tido por muitos como um de seus melhores trabalhos. O pano de fundo era o garimpo no bioma. À frente de seu tempo, para Caio Fernando Abreu não só representava "a obra-prima e a síntese coerente de toda a carreira do autor", mas também era "um romance fundamental para compreender pelo menos parte do Brasil contemporâneo. Um Brasil clandestino, que corre por trás das informações da mídia e, até agora, estava ausente da nossa literatura".

Traduzido para línguas como francês, espanhol, alemão e russo, além do inglês, França Júnior foi um dos maiores expoentes de sua geração de escritores. Por muito tempo fora de catálogo, sua obra acabou se distanciando do grande público, porém vem sendo redescoberta ao longo das últimas décadas. No início dos anos 2000, Alberto Mussa contou ter entrado em contato com a literatura do autor a partir de visitas a sebos. Ficou fascinando com o que encontrou: "um escritor que consegue dar uma dimensão altamente dramática a uma matéria em princípio tão corriqueira", "um grande artista", "um conhecedor profundo da natureza humana" e, enfim, "um mestre incontestável da língua portuguesa".

Em 2024 a editora Nova Fronteira deu início à reedição dos livros de Oswaldo França Júnior, tornando-as acessíveis aos novos leitores.

DIREÇÃO EDITORIAL
Daniele Cajueiro

EDITORA RESPONSÁVEL
Janaína Senna

PRODUÇÃO EDITORIAL
Adriana Torres
Laiane Flores
Mariana Oliveira

REVISÃO
Ítalo Barros
Mariana Lucena

CAPA
Rafael Nobre

DIAGRAMAÇÃO
DTPhoenix Editorial

Este livro foi impresso em 2025, pela Vozes,
para a Nova Fronteira.
O papel do miolo é Avena 70g/m²
e o da capa é cartão 250g/m².